당장 열 탱자나무

푸른사상 동시선 4

닭장 옆 탱자나무

1판 1쇄 2012년 3월 25일 | 1판 2쇄 2012년 11월 25일

지은이 · 한혜영
펴낸이 · 한봉숙
펴낸곳 · 푸른사상사
주간 · 맹문재 | 편집 · 지순이

등록   제2-2876호
주소   서울시 중구 초동 42번지 아시아미디어타워 502호
대표전화   02) 2268-8706~7   팩시밀리 02) 2268-8708
이메일   prun21c@yahoo.co.kr / prun21c@hanmail.net
홈페이지   www.prun21c.com

ⓒ 한혜영, 2012

ISBN 978-89-5640-905-4 04810
ISBN 978-89-5640-859-0 04810 (세트)

값 9,000원

푸른사상
동시선

4

닭장 옆 탱자나무

한혜영 동시집

푸른사상
PRUNSASANG

첫사랑, 동시

등단하고 이듬해 미국으로 왔다. 알려지지 않았으니 청탁이 올 리 만무했다. 더구나 동시는 접하기 어려웠고, 자극을 받을 만한 상황도 못 되었지만 나는 꾸준하게 썼다. 문단에 첫발을 디딜 때의 설렘과 열정, 그런 것의 힘일 터였다.

바람난 고양이처럼 여러 장르를 오고 갔다. 더러는 우려했으나, 나 스스로는 긍정적이었다. 모든 문학은 한길로 통한다고 믿으니까. 시를 통해서는 동시의 깊이가, 동화를 통해서는 동시의 유연성이 더해졌을 거라고 믿는다.

등단 23년 만에 나오는 첫 동시집이다. 싹눈을 가진 씨앗이기를 꿈꿔 본다.

외국에 사는 관계로 동시집 출판에는 엄두를 내지 못했다. 출판시장이 안 좋은데도 선뜻 동시집을 엮어주신 푸른사상에 진심으로 감사한다.

2012년 2월
미국 플로리다에서 한혜영

제1부

제2부

제3부

제4부

닭은 진짜 바보다

제1부

닭장 옆 탱자나무

암탉이 알 낳았다고
꼬꼬대액! 꼭꼭 꼬꼬대액! 꼭꼭꼭
자랑, 자랑을 했다

닭은 진짜 바보다
알 낳을 때마다 저렇게 소문을 내니까
번번이 알을 뺏기지

닭장 옆에 세들어 사는
탱자나무
노란 알을 그득하게 품고서
혼잣말로 중얼거렸다

아팠겠다

바위 틈새에
뱀이 헌옷을 벗어놓고 갔다
옷이 작아져서
큰 옷으로 갈아입은 거다

물려줄 동생도 없고
작아진 티셔츠 억지로 입히던 엄마

그 옷 벗을 때
으흐흐, 아아아 아얏!
들창코 뱁새눈 되던 생각을 하면

그 뱀도 무지하게 아팠겠다

연잎과 청진기

"숨 크게 쉬어보세요"
시커멓게 썩은
연못 가슴이 걱정인
연잎은
코끼리처럼 커다란 귀에
청진기를 건 뒤로
한 번도 벗은 적이 없다

갇힌 바람

바람은 영리해서
빠져나갈 구멍이 없으면
좀처럼 안 들어가요

그런데 어쩌다가
공 안에 갇히게 된 것일까요?

갑갑하다고
빨리 꺼내달라고
콩! 콩! 콩! 콩! 뛰던 바람이
데굴데굴 굴러댑니다

빨래

바람 한 차례 옥상으로 불어오자
블라우스와 와이셔츠
큰 빨래들은
어미 두루미처럼 날개를 활짝 펼쳤다

애들아! 조심해서 따라 오렴!

연습 삼아
호드득 호드득 날개를 털어대던
작은 빨래들은
새끼 두루미처럼 포르르 날아올랐다

학교와 학원을 지나
아빠 회사를 지나, 기우뚱
깔깔거리며 두루미 가족 날아갔다

소금쟁이의 힘

내 발목이
세상에서 가장 가늘다고?
그렇다면 한번 볼 테야?

소금쟁이
물 한 방울 젖지 않고
못물 위를 가볍게 걷는다.

못 속에서 낮잠을 자던
등치 커다란 산이
소금쟁이
그 가느다란 발목 네 개를
이기지 못하고 발발 떤다.

젓가락질도 잘하지

젓가락질도 잘하지
어린 도요새

엄마가 입에다가
콕!
물려주고 간
젓가락 한 쌍

고걸로
콕콕 집어서

저녁밥 냠냠
혼자서도
맛나게 먹고 있다

봄비

늦잠 자는
씨앗은 일어나라고

은지팡이로
토독!
톡!
톡톡!

두들기며 비 옵니다

파마한 홍당무

사온 지 오래된
홍당무가 싹을 틔웠다

예쁘게 보이고 싶어서
싹이 나오다 말고 미장원엘 들렀는지
노란 물 살짝 들인 파마머리다

미용사가 수다 떨다가
깜빡했는지
머리카락이 빠글빠글 볶아졌다

종이

세상에서 가장 행복한 종이는
이제 막 한글을 배우는
꼬맹이의 삐뚤빼뚤한
이름을 받아 적는 종이다.

세상에서 가장 슬픈 종이는
생선을 쌌던 종이도 아니고
코를 풀었던 휴지도 아니고

글자 하나 쓰지 않고
구깃구깃
구겨진 채 버려지는 종이다.

거미줄에 걸린 잠자리

영문을 몰라
눈알을
뛰룩, 뛰룩거리던

날 수 있는가 보려고
날개를
옴찔, 옴찔거려 보던

그 잠자리
하루 종일
내 마음에 걸려 있었다

하품하는 골목

햇볕 아주 쨍쨍한
여름 한낮

맛난 찹쌀떡처럼
꿀꺼덕꿀꺼덕
아이들을 집어삼킨 대문들
몇 시간째 꼼짝 않는다

따분하고 심심해진
골목은
커다랗게 입 벌리고
하품을 한다

훤히 보이는 목젖마냥
빨간 대문 하나가
골목 끝에 매달렸다

벌들은 오동나무 공장서 달콤한 품삯을 갖고 가지요

제2부

비빔 전문

소나무, 밤나무, 들꽃 향기랑
산토끼, 다람쥐 찔끔거린 오줌 냄새
산삼 먹은 멧돼지 뿡뿡! 뀌어댄 방귀까지도
골고루 쓱쓱 비벼서 상큼한 숲 향기를
맡게 해주는 바람의 신비한 손!

여물 냄새, 퇴비 냄새, 간장 달이는 냄새
부릉부릉 경운기 방귀 뀐 냄새
복숭아, 개살구, 보리알 익는 냄새
골고루 썩썩 비벼서 구수한 시골 냄새를
덥석 내미는 바람의 투박한 손!

원조 비빔밥 간판은 많고 많지만
대대손손 그 비법 들키지 않고 전수해온
'바람네 비빔'이 진짜 원조집이다

이슬에 대한 생각

풀 이파리에
아침 이슬이 그렁그렁하다

톡!
건드리면
눈물을 왈칵 쏟을 것 같다

"촌스러워" 한마디에
후두두둑! 눈물을 쏟아내던

강원도 산골짝에서
전학 온 송희처럼

물

물은 시키는 대로 말을 잘 듣는 순둥이다
동그란 통에 담으면 동그랗게 말을 듣고
네모난 통에 담으면 네모나게 말을 듣고
조그만 병에 담아도 좁다는 불평 한마디가 없다
세탁기 속으로 들어가라면 세탁기 속으로
하수구 속으로 들어가라면 하수구 속으로
변기 속으로 들어가라면 변기 속으로
흘러들어가, 냄새 쿨쿨 나는
똥 덩이를 데리고 캄캄한 똥 감옥까지 간다

시골집 평상에 누워

하늘 가득히 별꽃이 피어 있다
손만 뻗으면
아카시아 꽃잎을 훑어 내리듯
향기 나는 별을
한 주먹 움켜쥘 것 같다

무더기, 무더기로 우는
개구리 소리를 두 손으로
가만히 뜨는 상상을 하면
깨구락!
깨구락! 소리가
손가락 사이로 빠져나간다

35

연못에 연잎이 많은 이유

봄 왔다고 햇살 듬뿍듬뿍 뿌려주던
해님은 연못 속으로 사르륵사르륵
설탕가루처럼 햇살이 녹아내리자
동그란 접시를 여기저기에 놓았다
접시에 담긴 햇살을 짭짭거리며
빨아먹고 핥아먹다 빈 접시에 올라가
늘어지게 한잠 자거나 양산을 받던
물방개, 잠자리, 청개구리
그 모양에 한껏 기분이 좋아진 해님은
점점 커다란 쟁반으로 바꿔주었다

연꽃

동글동글 연이파리
못물 가득 파랗게 여름이 펼쳐지자
물속에서
주먹이 불쑥불쑥 올라왔다
이건 물밑에서 건져 올린 햇살 덩이야
백련은 꽉 움켜쥐었던
주먹 안의 햇살이 흘러내릴까봐
조심조심 펼치면서 자랑을 했다

꼬리 물린 봄

바통을 넘겨주고 한참이나 달아났던
겨울바람이 쌩쌩 되돌아오더니
게을러빠진 봄의 꼬리를 콱! 물었다

꽃나무들이 발 동동
구르는데 뭣 하는 거야!

하늘에서는 눈송이들이
내려도 될까 몰라서
기웃기웃 꽃나무들의 눈치를 살피더니
미안해,
미안해하면서 뛰어내렸다

바코드

엄마 따라 마트에 갔다

라면이면 라면
콜라면 콜라
줄무늬 바코드만 긁으면
꼼짝 못하고 제 정체를 드러냈다

나는 슬그머니 뒤로 물러섰다

바코드 기계에 닿는 순간
엄마한테 보이지 못한
45점짜리 산수 점수가
삑 – 하고
찍혀 나올 것만 같았다

오동나무 꽃

연보라색 공장 문을 활짝 열었어요
줄무늬 단벌 작업복 꿀벌들이 출근해요

도시락도 싸지 못한
가난한 일꾼들이 붕붕붕 일을 해요

꿀 만드는 공장은
감독 없어도 잘만 돌아가요

꾀부리는 벌도 없고
욕심내는 벌도 없답니다

돌아갈 때 벌들은 오동나무 공장서 내준
달콤한 품삯을 갖고 가지요

엄마는 몰라

장군이 엄마랑 아기는 뭐든지 통한다
우리 아기 배가 고프구나
우리 아기 기저귀가 젖었구나
울기만 하면 척척 알아맞힌다

그런데 장군이 맘만 모르나 보다
장군이가 울면
"말을 해야 알게 아냐! 말을!"
이러면서 야단부터 치니까

엄마가 아기만 예뻐해서 속상하다고
목구멍까지 올라왔던 말을
꿀꺽 삼키고
장군이는 더 큰 소리로 앙앙! 운다

비밀번호가 달린 집

엄마가 아파트 비밀번호를 바꿀 때마다
영빈이랑 유치원 친구 몇 명은 덩달아 바빠진다
"비밀번호를 다 가르쳐 주면 어떡해!"
영빈이가 엄마한테 야단을 맞을 때마다
역성을 들어주던
할머니 입술이 가만가만 달싹거린다
"또 바꿨으니 저 번호를 어찌 외우누"
할머니는 꿀벌이 호박꽃을 들락거리듯
마음대로 들락거렸던
허름한 시골집을 그리워한다

내 동생 엉터리 영어

동네 마트 통닭 코너 앞이었다
"와! 키친 많다!"
치킨과 키친을 만날 헷갈리는
내 동생이 잘난 척한다고 영어를 했다
하필 그곳에서 만난
우리 반에서 제일 예쁜 민주가
고개를 갸우뚱하더니, 나를 봤다
'으으 망신!'
나는 얼른 딴 데를 봤다
내 동생 아닌 척하고 싶었는데
동생이 나한테 큰소리로 물었다
"형! 키친이 맞지?"

47

책 도둑

아빠는 나한테
책 선물을 하는 게 취미다
그때마다 하시는 말씀이 똑같다

아빠는 책 살 돈이 없어서
남의 집 책 몰래
훔쳐다가 읽었다는 얘기

아빠 같은
책 도둑 어디에 없을까?

어휴! 저 두꺼운
눈꺼풀 저절로 내려오게 하는 책들!

누가 와서 몽땅 훔쳐갔으면

49

강은 뱃살을 출렁출렁 흔들어대며 껄껄 웃게 되었다

제3부

똥배가 닮았네

똥배가 뽈록 나온 장군이가
어항에 매달려 금붕어 밥을 줘요

"그만 좀 먹어! 똥배 좀 봐 똥배!"
야단을 하면서도
과자를 내주고야 마는 엄마처럼
장군이는 엄마 말을
흉내 내며 금붕어 밥을 줘요

'흥! 내 걱정 말고 네 똥배나 걱정해'
금붕어는 맛난 밥이 가라앉기 전에
꼴까닥 집어삼키고는 쫑알쫑알
또 한 개
꼴까닥 삼키고는 쫑알쫑알

이런 학원 어디에 없나요?

동물의 말을 배울 수 있다면 좋겠다

날마다 지루하게 풀만 뜯는
염소의 머릿속에는 어떤 생각이 들어있는지
길고양이는 나만 보면 왜 달아나는지
개가 '컹컹' 말고도 '으르렁!'
'깽깽!' 대는 이유도 알 수 있을 텐데

곰이랑 사자가 사람을 만났을 때
발톱부터 세우는 건 말이 안 통해서 그럴 거다

영어, 일어, 불어, 한문 학원 같은
간판 사이에 동물의 말을 가르쳐준다는
간판도 하나쯤 끼어 있으면

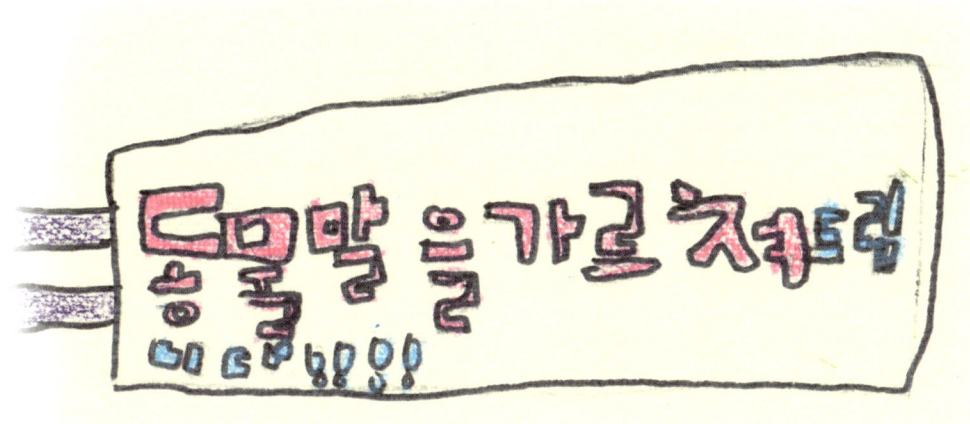

달동네 계단

오르막길일 때
다리부터 아파오는 계단이지만
어떤 날은 에스컬레이터보다
더 빠르게 올라가는 날도 있지요.
백점을 맞았거나
엄마가 맛난 것을 해놓고
기다리는 날!

내리막길일 때 동네 계단은
기다란 건반을 가진 피아노지요.
통닭 사온다는 아빠 마중을 나가거나
엄마를 따라 슈퍼마켓을 가는 날은
두 발 연주 토도동! 통통!
낡은 운동화도 숭어처럼 튀어요.

아픈 강

강이 아프단다.

암처럼 딱딱한
시멘트 덩어리가
가슴께서 만져진단다.

속이 꽉 막힌 것처럼
답답해서 죽겠다고

강물은 끙끙
앓는 소리를 내며 흘러간다.

영근네 서랍

영근네 서랍은
서랍을 쓰는 주인이랑 많이 닮았다

직장을 잃은 영근이 아빠 서랍은
이따금 한숨 쉬듯이 열릴 뿐이고

영근이 엄마 가계부가 들락거리는 서랍은
걱정 많은 입술처럼 군데군데 헐었다

비밀이 많은 영근이 누나 서랍은
일기장을 꿀꺽하고는 시치미떼고 있고

영근이 서랍은 벙긋벙긋 요술쟁이
로봇이든 구슬이든 툭툭 뱉어낸다

행복한 신발

나는 날마다 행복한 신발이에요
어딜 가도 주인은 나를 데려가 줘요

얼마나 귀하게 여겨주는지
조금이라도 깊은 물을 만나면
나를 벗어서 가슴에다 품고 건너요

사람이 아무리 많은 곳엘 가도
나를 버리고 주인 혼자서
집으로 간 적은 없어요

잠깐 동안 누에

목욕을 마치고 침대로 뛰어들었다
속살을 만져보니까 보들보들한 것이
누에가 된 것 같았다 이왕이면
고치를 지어보려고 이불을 돌돌 말았다
아늑한 집이 금세 지어졌다
'누에 집은 참 따뜻하겠다'
명주실 같은 잠이 솔솔 쏟아지는데
엄마 목소리가 시퍼렇게 쳐들어왔다
"너 학원에 안 갈 거야!"
이불은 순식간에 둘둘! 끌러지고
번데기 하나가 달랑 드러났다

바람은 소리를 좋아해

바람은 보이지 않으니까 소리를 내는 거야
안 그러면 제가 찾아온 걸 아무도 모르잖아

까마득하게 높은 데 걸려 있는
동사무소 깃발을 푸르릭 퍼럭 흔드는 것도

절간의 물고기 풍경을
하늘 한가운데로 댕가당 딩딩 떠미는 것도

나야 나 왔어
잠들만 하면 창문을 덜러덩 덜덜 흔드는 것도

비오기 전에 후딱 말려주고 돌아가려고
동네 빨래란 빨래는 후르락 파르락 흔드는 것도

바람은 제가 왔다는 것을 알리려는 것이지
안 그러면 귀신도 제가 다녀간 걸 모를 테니까

강은

어느 날 어떤 사람이 지나가면서
오마나! 저 강 좀 봐, 하니까
제 이름이 강인 줄도 알게 되었다.

이게 물빛이야 하늘빛이야?
물새가 배꼽을 콕콕 건드리자
간지러워 강은 키득거렸다.

참을만하면 물새가 와서 건드리고
참을만하면 또
물새가 날아와서 건드리고

도저히
웃음을 참을 수 없게 되어버린
강은 뱃살을 출렁출렁 흔들어대며
큰 소리로 껄껄 웃게 되었다.

숨통

겨울 강물이 꽁꽁 얼어붙은 것 같지만
한가운데 숨 쉴 구멍은 슬그머니 열어놓는대요

숨통을 못 트면 숨 막혀서 죽게 될까봐
세상 것은 숨 쉴 구멍이 있는 거래요

지렁이가 살갗이 빨개지도록 꿈틀거리는 것은
흙의 숨통을 터서 밭을 살려주는 것이고요

느닷없이 화산이 폭발을 하는 것은
죽을 것처럼 가슴 답답해진 지구가
커다랗게 숨통을 터서 그런 거래요

버려진 신발 한 짝

망초꽃 하얀 강둑에
신발 한 짝이 버려져 있다.

까르륵 깔깔거리며
풀밭 위를 떠다니는
신발, 신발, 신발들

이럴 때 버려진 신발은
세상에서
가장 커다란 귀다.

주인의
발소리 기다리는
서러운 귀다.

물이 얼마나 귀한지

딱!
한 모금의 물을 머금고

감, 사, 감, 사, 감, 사……

하늘 우러러
부리를
달싹,
달싹거리는
닭들을 봤니?

눈

눈 깜짝할 사이에
놀이공원서 장군이를 잃어버렸다.

사방팔방에서 번쩍거리던
엄마 아빠의 눈이 마침내
땀 쫄쫄 흘리며
앙앙! 거리는 장군이를 찾아냈다.

"한눈을 어디다 팔았기에!"

장군이보다 엄마가 더 큰 소리로
울음을 터트렸지만,
한 눈 팔았다는 장군이 눈은
둘 다 멀쩡하게 붙어 있었다.

어떻게 도둑질을 할 수가 있겠어요?

제4부

광화문 이순신 장군

사십 년도 넘게
광화문 광장을
굽어보고 있는 이순신 장군

꾹 다문
입술, 한 번도
옴찔한 적 없지만

살려고 하면 죽을 것이오!
죽으려 하면 살 것이다!

장군의 목소리를
들으려 했던 사람은
다 듣고 갔다

75

귓속에 갇힌 말

시골 할머니와 통화를 했다

근디 우리 강아지 언제 올랑가?
할매가 겁나게 보고 자픈게 그러제
우리 강아지 보고 자퍼 죽겄네

할머니 목소리는
내 귓속에 갇힌 날벌레였다

보고 자픈게 그러제
보고 자퍼 죽겄네
며칠을 두고 윙윙거렸다

날아가는 물고기

날아보는 것이 평생의 소원이었던
늙은 잉어가 물수리 발가락에 낚였다
물고기 잡혀간다!
강둑에서 놀던 아이가 소리를 질렀지만
잉어는 허리를 꼿꼿하게 폈다

제가 살던 강이 꾸불텅꾸불텅
장어 모양으로 생긴 줄도
그제야 알게 된 늙은 잉어는
물 주름 사르랑사르랑 잡히는 강을
뒤로, 뒤로 밀어내며 날아갔다

고향아 정든 물고기들아 안녕!
늙은 잉어의 둥근 안경이 흐릿해졌다

닥터피쉬

온천에 사는
닥터피쉬라는 물고기가 있다.
가렵고
아픈 상처가 있는 곳으로
끄덕끄덕 몰려드는 닥터피쉬들

"좋은 데로 가셨을 거야."

친정엄마 돌아가시고
틀어박혀 울기만 하는
옆방 새댁 아픈 마음을 달래주려고
가만가만 그 방을 들락거리는
주인 할머니도 닥터피쉬다.

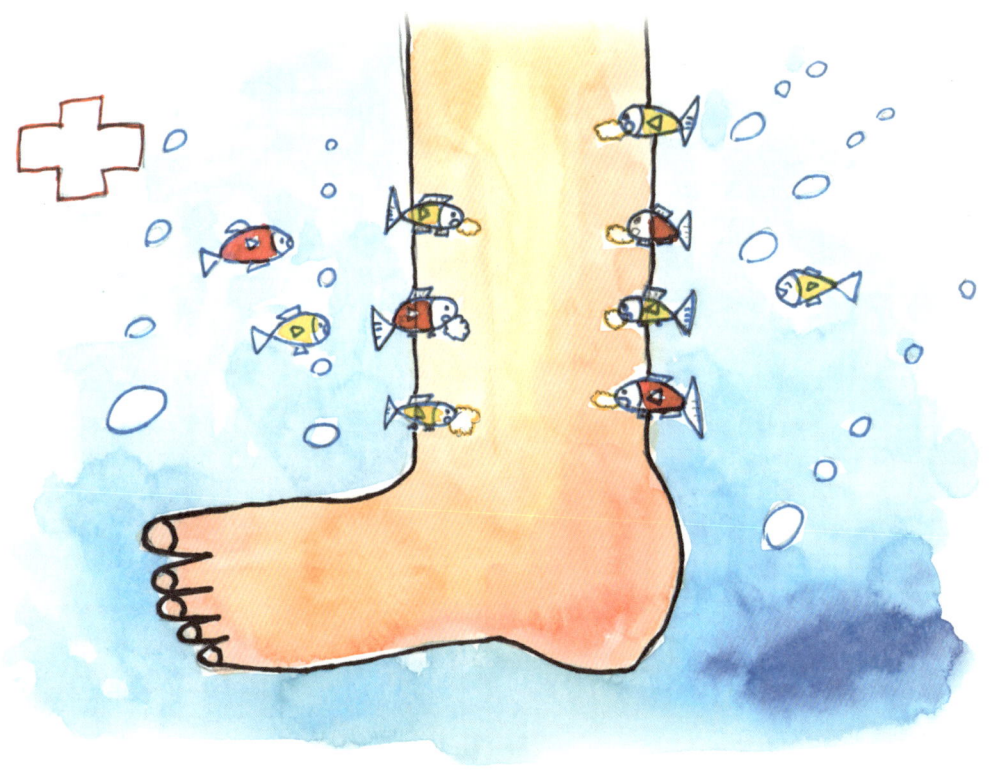

너만 약았냐?

작년에 심은 콩은 약아빠진
산비둘기가 다 파먹었다고
다람쥐 앞니처럼 쑥쑥 올라온
콩 모종 갖고 할머니 밭두렁 간다.

너만 약았냐? 나도 약았다.

할머니 중얼거리며
모종 끝내고 돌아간 밭두렁으로
포르르 내려온 산비둘기
그것이
콩에서 나온 싹인 줄도 모르고
콩 심은 데 찾아서 기웃거린다.

무서운 그림자

바보스러울 정도로 착한 청년이었지만
너무너무 배가 고파서 도둑질을 나섰대요
두근두근 뛰는 가슴을 안고 가는데
그림자 하나가 악착 같이 따라왔대요

청년은 그림자를 쫓아보려고
발을 쾅! 하고 굴렀대요
그림자도 똑같이 발을 구르더래요
손가락 까딱하는 것까지도 따라하는
그림자 때문에
청년은 결국 도둑질을 포기했대요

제 그림자가 빤히 지켜보는데
어떻게 도둑질을 할 수가 있겠어요?

때까치와 미루나무 이야기

때까치 몇 번인가 집을 보러 왔다
요리조리 꼼꼼하게 미루나무 할머니 집을
살피던 때까치 이삿짐 하나 끙끙 물고 왔다
미루나무 할머니 한쪽 팔을 휘휘 내젓는다
계약서를 쓰지 않은 건 사실이지만,
당황한 때까치는 머리꼭지가 빨개진다
"내 아내가 알 낳을 때가 다 되었다고요!"
눈 깜빡할 사이 살림살이는 바닥에서 박살난다
"너 작년에도 셋방 들었다가
지저분한 살림살이 그냥 버리고 도망쳤던 놈이잖여!"
미루나무 할머니는 양팔을 휘휘 내젓는다
때까치 잿빛 등이 한층 캄캄해졌을 때였다
"그러니께 올해는 그렇게 안 할 거지?"
"물론이고말고요!"
때까치 까작 까작 목소릴 높여서 아내를 부른다

늙은 사다리

장마철을 앞두고, 아버지
사다리 타고 지붕으로 올라갑니다.

간신히
처마 끝을 붙잡고 서 있는
사다리에서
관절 삐걱거리는 소리가 납니다.

조심하세요!
늙은 사다리를 붙들고 있는
엄마 손목엔
할머니를 부축했을 때처럼
힘이 잔뜩 들어가 있습니다.

오랫동안
중풍 앓다가 작년에 돌아가신
할머니 모습이 사다리에서 보입니다.

'아버지' 라는 말

활짝 열어놓은 교실 창문이 기분 좋게
콧구멍을 벌름거리는 봄날 오후였다
말벌 한 마리
고장 난 유에프오처럼 날아들었다
애들 함성에 교실이 폭발을 했다

"그 벌 죽이지 말고 살려서 보내줘라
누구의 아버지일지도 모르지 않니?"

공책을 말아들고, 불끈!
솟구쳤던 팔뚝이 스르르 떨어졌다
선생님은 웃는데도 쓸쓸한 얼굴이었고
교실 안은 물 뿌린 운동장처럼 잠잠해졌다

성탄 무렵 우체국

붉은 벽돌로 지어진 우체국 건물은
얼굴빛이 불콰한 산타클로스 할아버지를 닮았다
현관 앞 계단에
함박눈 쌓여 흰 수염도 풍성하게 달았다

맘씨 좋은 산타 할아버지 껄껄 웃을 때마다
소인국 주민처럼 조그만 사람이
선물 상자랑 크리스마스카드 가슴에 품고
산타 입속으로 쏘옥 들어갔다가 쏘옥 나온다

우체국 문을 나서는 이의 눈빛이
산타랑 많이 닮았다
크리스마스 캐럴이 흐르는 우체국 길
루돌프 사슴이 끄는 마차가
금방이라도 짤랑! 짤랑! 도착할 것만 같다

개 코는 개 코다

날씨 추워지자 할머니는 작년 겨울
개집에 깔았던 담요를 영규에게 던져준다
"이거 순딩이 집에다 깔아줘라"

담요를 깔아주자 코를 박고 쿵쿵거리던
순딩이 봄에 죽은 어미 냄새에
끼깅끼깅 낑낑 끼깅 낑낑 울어댄다

방으로 들어온 영규
아랫목에 깔아놓은 담요를 슬그머니
뒤집어쓰더니 흐음- 흠 깊은 숨을 쉰다
분 냄새, 엄마 냄새가 나는 것 같다

엄마가 집 떠나던 날 입었던
빨간 코트에 얼굴을 묻고 흐느꼈던
영규는
엄마 코도 개 코였으면 좋겠다고 생각한다

해마다 소문 때문에

"큰일 났어요! 겨울이 쳐들어온답니다!"
소문은 산에서 산으로 번졌다.
제일 먼저 보따리를 꾸린 것은 단풍나무였다
빨간 보따리를 이고 나서자
지난겨울 눈 폭탄에 한쪽 팔을 잃어버렸던
떡갈나무도 부랴부랴 보따리를 둘러멨다
"해마다 겪으면서 웬 호들갑들이야"
평생을 그 산에서 살아온 소나무가 말렸지만
보따리는 울긋불긋 늘어났다

겨울 마침내 밀어닥쳤지만
그 산을 떠난 나무는 한 그루도 없었다
보따리는 다 어디다 패대기를 쳤는지
바싹 마른 몸뚱이들만 딱딱 부딪혔다
조금만 견디면 봄이라고
늙은 소나무, 위로의 말을 따뜻하게 건네주었다
눈물이 글썽글썽,
제일 먼저 고개를 끄덕인 것은 산수유나무였다

동시 속 그림

신정민(청계초등학교 1학년)

공은지(관모초등학교 4학년)

김윤정(금정초등학교 4학년)

김민기(안양서초등학교 4학년)

박유정(청계초등학교 2학년)

유소현(평촌초등학교 3학년)

윤다솔(청계초등학교 4학년)

정도현(삼봉초등학교 1학년)

정다현(금정초등학교 1학년)

김재용(문원초등학교 1학년)

유소현(평촌초등학교 3학년)

남혜인(금정초등학교 3학년)

최유민(관모초등학교 2학년)

박민서(과천초등학교 3학년)

박민서(과천초등학교 3학년)

박준서(과천초등학교 1학년)

윤다솔(청계초등학교 4학년)

박수연(청계초등학교 1학년)

신정민(청계초등학교 1학년)

김하람(청계초등학교 1학년)

윤다솔(청계초등학교 4학년)

오민솔(청계초등학교 2학년)

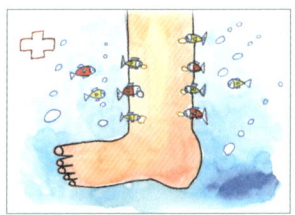

박유정(청계초등학교 2학년)

유소현(평촌초등학교 3학년)

박민서(과천초등학교 3학년)

유소현(평촌초등학교 3학년)

윤다솔(청계초등학교 4학년)

윤다솔(청계초등학교 4학년)